爸爸带我看宇宙

BABA DAI WO KAN YUZHOU

[瑞典] 乌尔夫·史塔克 著 [瑞典] 爱娃·艾瑞克松 绘
赵 清 译

接力出版社
Publishing House

桂图登字：20-2012-209

Nar pappa visade mej varldsalltet
Text © Ulf stark, 1998
Illustration © Eva Eriksson, 1998
First published by Bonnier Carlsen Bokförlag, Stöckholm, Sweden
Published in the simplified Chinese language by arrangement with Bonnier Group
Agency,Stöckholm, Sweden

图书在版编目（CIP）数据

爸爸带我看宇宙 /（瑞典）史塔克著，（瑞典）艾瑞克松绘；赵清译. —南宁：接力出
版社，2014.1
ISBN 978-7-5448-3273-1

Ⅰ.①爸… Ⅱ.①史…②艾…③赵… Ⅲ.①儿童文学－图画故事－瑞典－现代
Ⅳ.①I532.85

中国版本图书馆CIP数据核字（2013）第281400号

责任编辑：李文潇   美术编辑：卢 强   责任校对：贾玲云
责任监印：刘 元   版权联络：张耀霖   媒介主理：高 蓓
社长：黄 俭   总编辑：白 冰
出版发行：接力出版社   社址：广西南宁市园湖南路9号   邮编：530022
电话：010-65546561（发行部）   传真：010-65545210（发行部）
http://www.jielibj.com   E-mail:jieli@jielibook.com
经销：新华书店   印制：北京瑞禾彩色印刷包装有限公司
开本：787毫米×1092毫米 1/16   印张：2   字数：30千字
版次：2014年1月第1版   印次：2014年1月第1次印刷
印数：00 001—10 000册   定价：32.00元

　　有一天，爸爸说，他要带我去看宇宙。因为他觉得我已经长大了，可以去了。

　　"宇宙在哪儿？"我问道。

　　"噢，离这儿可有一段路呢。"说着，爸爸脱下了牙医的白大褂，那上面沾着不少小血点。

　　"你们可要多穿点儿，"妈妈说，"晚上外面还是挺冷的。"

　　"宇宙里有多冷呢？"我问。

　　"零下263度。"爸爸回答说。他穿上他的皮夹克、棕色高筒靴，戴上黑色贝雷帽。

　　我又在脚上多套了一双袜子。

　　我们要出发了，妈妈和我们拥抱，跟我们说再见。

　　她说："别回来得太晚啊。"

　　我们沿着右边的矮墙走。爸爸拉着我的手，这样我就不会走丢了。

　　爸爸迈的步子很大。而且他走路的时候喜欢抬头看天上的云。爸爸总是这样。他说话的时候，有白烟从他嘴里冒出来。

　　"这叫哈气，"他说，"因为嘴里呼出的气比外面的空气暖和。"

　"宇宙到底是什么？"我问。

　"是所有的天地万物。"爸爸说，"那里什么都有，宝贝儿。"

　我们一直往前走，直到脚下的路向左拐去。

"是那儿吗？"我指着便利店问爸爸。

"不是，"他说，"不过我们可以进去买些旅行食品。"

"什么是旅行食品？"我问。

"就是郊游时需要的东西。"爸爸说。

他很清楚要买什么。

"帮我拿一包口香糖。"爸爸对售货员说。

"您不要点儿别的吗？"售货员问，"天晚了，我们马上就要关门了。"

"不了，就要这个。"爸爸说。

我们走了很长时间，路过一个我以前去过的公园，但那里的戏水池已经关了。

我们又路过了五金店，还有别的地方……

鱼店也关门了。天慢慢黑下来了。

我问爸爸："是不是快到了？"

爸爸问我："你累了吗？"

"不累。"我说，"嗯……我还是挺累的。"

于是爸爸吹起了口哨，这样我们走起路来就轻松多了。口哨的
旋律像一朵白云，在他黑色的贝雷帽上飘。

我们要越过一条水沟。

爸爸把我抱在怀里，这样我就不会把鞋袜弄湿了。

"现在我们差不多到了。"爸爸说。

这里一盏路灯都没有。

爸爸小心地领着我穿行在草场上的杂草之间。

最后，我们在一座小山丘上停了下来。

"宇宙是在这里吗？"

爸爸点点头。而我惊讶地左看看、右看看。我觉得我以前来过这里。这就是人们经常出来遛弯和遛狗的那片草地呀。

"现在我们把旅行食品拿出来吧。"爸爸说，"给你。"

于是我们站在那儿，郑重其事地嚼着口香糖。

"你看见了吗？"爸爸问。

虽然天几乎全黑了，但我还是看见了。

我看见宇宙中的一只小蜗牛在一块石头上爬行。

我看见一根草穗在宇宙的风中摇来晃去。

这里长着一种花，名叫蓟花。

而爸爸就站在这里，仰望着天空。

"是的，爸爸，"我低声说，"我看见了。"

这一切都是宇宙万物！

我觉得这是我见过的最美的景致。

这时爸爸看着我说："别傻了，乌尔夫，你该仰起头看看天上。"

我照爸爸说的抬起头。成千上万的星星在天上闪烁。

爸爸一一指给我看。他竟然知道所有星星的名字。

"在那儿，你能看到小熊座，"他说，"那里是长蛇座、飞马座和天蝎座。你看见蝎子的尾巴了吗？"

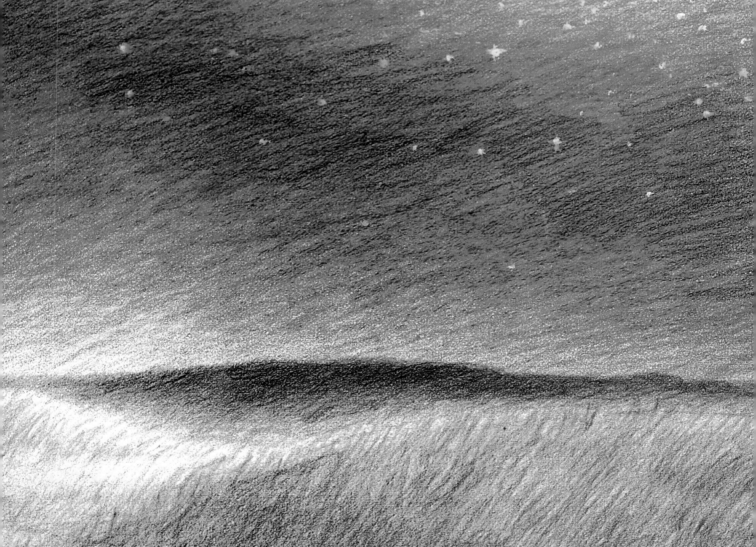

　　我没有看见。对我来说，所有的星星都在满天乱飞，它们胡乱堆在一起，就像阳光照射下客厅里的一粒粒灰尘一样。

　　"看见了。"我说，因为我不想显得傻乎乎的。

　　"在高高的天上，一切都是那么纯净、安宁，"爸爸说，"那里的一切都秩序井然。你是不是觉得心里很安静？"

　　"嗯。"我答道。

　　"这是因为宇宙太大了，其他的一切和它比都显得太渺小了。"爸爸说。

爸爸把我抱起来，这样我就可以离那些遥远的星星稍微近一点儿了。

　　"有些星星根本就不存在，"爸爸说，"它们已经熄灭了。"

　　"那，它们应该看不见才对吧？"

　　"不，我们还是能看见它们的光，"爸爸说，"也许要好几百年的时间，它们的光才能落到这里来。"

　　我看着那些不存在的星星。

　　爸爸抱着我，继续讲星星的名字。

　　"天鹅座、天琴座，还有大犬座。"

　　说到这儿，他张大鼻孔，仔细地闻着。"咦，这是什么？"
　　"什么？"我问。
　　"什么东西臭臭的？"他用力吸了吸鼻子。

我可知道，我知道爸爸踩到什么了。

"是'大犬'。"我说。

"臭狗屎！"爸爸说。

  于是我们就往家走。爸爸有点儿沮丧。他看着用草擦了半天的靴子，说："你肯定还要再长大一些。"

  爸爸默默地走了一会儿，然后说："我多想带你去看一些美的东西，让你永远都记得。"爸爸说着，拉起我的手。

  "我肯定一辈子都不会忘的。"我说。

回到家里，妈妈给我们准备了三明治和热巧克力。
"哎，宇宙里怎么样啊？"妈妈问。
"那儿啊，又好看又好玩。"我说。

脚下和天空

儿童文学博士生导师，著名作家，儿童阅读点灯人　梅子涵

我们很熟悉《我的爸爸叫焦尼》那本书，一个跟着妈妈生活的男孩子，偶尔和爸爸见面，度过一天，他那么珍惜这难得的在一起，无论做什么，都要对人说："这是我的爸爸，他的名字叫焦尼！"那本书里的爸爸和儿子，那一天里做的每一件事情，都是爱娃·艾瑞克松画的，爱娃画的爸爸和儿子，很滑稽，但是忠厚，爸爸有点儿倒霉相，儿子有点儿太懂事，所以忘记不掉。

爱娃这次还是画了一个爸爸和儿子。这次的爸爸和儿子都飞扬得多，因为心里没有分离和孤单，爸爸有妻子，儿子有妈妈。爸爸说，他要带儿子去看宇宙。

"宇宙在哪儿？"儿子问。

爸爸说："离这儿可有一段路呢。"

妈妈说："你们可要多穿点儿，晚上外面还是挺冷的。"

"宇宙里有多冷呢？"儿子问。

"零下263度。"爸爸回答。爸爸穿上他的皮夹克、高筒靴，戴上贝雷帽，儿子多穿了一双袜子。

妈妈和他们拥抱，说再见，去看宇宙的确是一件很郑重的事！

他们走过便利店，走过公园，走过五金店，走过鱼店，最后越过一条水沟，爸爸说："现在我们差不多到了。"

这里是一片杂草，有一座小山丘，爸爸说，宇宙就在这里。可是儿子认识这里，他来过，看见人们在这里遛狗，散步。

他们吃着口香糖，看着宇宙。于是，儿子看见了一只蜗牛在石头上爬，一根草穗在风中摇来晃去，还有一棵野花。儿子知道了，这一切都是宇宙万物，是最美的。

但是爸爸说，你还应该仰起头来看看天上，天上有无数的星星在闪烁。有很多星座，从小熊座到天蝎座，那是多么无边无尽，也看不到深处，看着它，就知道自己实在太小了，于是心里就会很平静，很安定。

　　可是这时爸爸闻到了臭臭的味道。爸爸踩到狗屎了。

　　爸爸有些沮丧。他们一起往家走。　爸爸说："我多想带你去看一些美的东西，让你永远都记得。"可是却踩到了狗屎。

　　但是儿子不沮丧，他记住宇宙了，虽然他也记住爸爸踩着的狗屎，但他还是告诉妈妈："那儿啊，又好看又好玩。"

　　儿子说这话的时候，爸爸还在擦他的靴子，爸爸擦靴子的时候，脸上又有些倒霉相。

　　这个故事的灵感是特别的，很煞有介事地"看宇宙"，却是只到了一个熟悉的地方；明明看着那高空的神秘莫测，星光灿烂，却踩到了狗屎。爸爸是个浪漫的人，想出的花样有诗的味道。但是爸爸还不是个哲学家，如果他是个哲学家，那么踩到狗屎虽然扫兴，却不要沮丧，因为既然他告诉儿子宇宙包括万物，而万物合在一起就是宇宙，那么狗屎也是宇宙的一部分，可爱的狗如果没有粪便，那么它还能可爱吗？当然要命的是遛狗的人为什么不把狗的粪便清扫干净，而这不爱惜地球的清洁的、要命的遛狗人，也正成了宇宙的一粒不干净的灰。如果爸爸是哲学家的话，他在回家的路上可以和儿子讨论讨论："狗屎和遛狗人也是宇宙的组成部分吗？"这样一讨论，事情就深刻许多，但是很可能故事就不是很好玩了。

　　这都是我们站在故事外的指手画脚，我作为一个作家，知道写作本身不是像我们指手画脚那么容易。但是阅读的人都喜欢指手画脚，指手画脚也是阅读的乐趣，那么就为了这乐趣，继续指手画脚吧。

　　我接着还要指手画脚一下。书里的爸爸带儿子去看宇宙的时候，觉得儿子已经长大，应该见识了。可是踩到狗屎，闻到臭味后，又有些懊悔，觉得还是等儿子长得更大些，再带他来更好，他不想让儿子在很小的时候就看见不美的东西。这时，狗屎就成了象征。我要和这个爸爸商量的是，其实孩子小的时候，看见些狗屎，看见不美，也是很必要的。不可能全是看见美，因为本来就有不美。完全都是看见美，那么美的记忆可能会很脆弱，有狗屎在脚下，又有无比的灿烂在天空，那么美的记忆就真实和可靠了。

　　刚才说到画家，写这个故事的作家叫乌尔夫。很有趣，这个故事里的儿子也叫乌尔夫。也许，这个故事是作家的一个记忆，发生在他的童年。